양들의 침묵

방성호 시집

양들의 침묵

인쇄 2024년 1월 10일
발행 2024년 1월 15일

지은이 방성호
펴낸이 이노나
펴낸곳 인문엠앤비
주소 서울특별시 종로구 북촌로4길 19, 404호(계동, 신영빌딩)
전화 010-8208-6513
이메일 inmoonmnb@hanmail.net
출판등록 제2020-000076호

ISBN 979-11-91478-26-6 03810

값 10,000원

양들의 침묵

Silence of Lambs

방성호 시집

인문엠앤비

사랑하는 아내
한지영 여사에게 바칩니다.

여성 만성통증 환자들에게
나의 미진함을 사과드립니다.

우리가 왜 사는가를
평생 모르듯
내가 시를 왜 쓰는지를
알게 되는 것은
신의 불확정설과 비견되는 난제이다.

계속 쓰면 끝이 등대처럼 현현할까?

상상해 본다.

2024년 1월
방성호

| 차례 |

제2부

제3부

제4부

제5부

제1부

양들의 침묵

매앰 매앰
그리고
수많은 맴맴맴
엄마를 부르는 비명은
침묵이 되고

꼬챙이에 끼여서
돌아가며 돌려가며
칭다오에 익사한 침묵

우리 아가들
안락사의 기억은 아프다

순진한 눈의 빛이 사라질 때
사랑과 믿음에 검은 장막이 내리고
한 방울의 눈물은

덮어 버린 검은 천이 신이 되고
숨 막힘은 마지막 위로이던가?

침묵의 날을 향한
아우성은
도대체 어디 갔나?

Silence of Lambs

Mam maem

And

A lots of mam mam

Cryings for mother have

become heavy silence.

Stuck with rolling iron needles

Immersing in Chingtao

Beer

Silence downing drowning

Shouldn't have done

Aching Euthanasia

for my loving pups

A drop of tear

meant dropping

backdrop when love and believing fade out.

Black evil coming

suffocating

Do you think Asphyxia

are your last gratification?

Where is our outcrying

against dooming

silence of lambs?

유키 듣기

유키 음악을 들을 때는
눈물을 꼭 참아요

가슴속에 그리움, 슬픔 그딴 것이
눈물샘으로 도망가 버리면
우리는 쉽게 행복해져요

그때부터는 우리는
춤이나 추러 나가는 게 좋아요

마른 오징어가
무슨 구라모토의 음악을 듣겠어요

우리는 말라가는 세월입니다
유키를 들을 때는 눈물을 참으세요.

오감도

비행기 창문
구름 위에서 보는 풍경은
생경하고 으스스하다

원시인이 이 땅과 바다에
당도했을 때처럼

세상은 공허하고 무섭다

가면을 쓴 자
네가 내 설움을
갚아 주겠다고

너는 누구냐
그냥 그 피에로의
가면만 벗어 줘.

그 냄새는 기억이 없어요

인천의 썩은 바다 옆에 살지만
코가 마비되었나
생각이 마비되었나

마음속의 바다는 항상
제주 바다같이 싱그럽고 반짝이고

말이 모자라고
기억이 모자라고
사랑들이 모자라고

신이 울고 간 폐허 같은
이데아의 향연 같은
꿈같은 것은 없어요
그냥 깨어서
잠시 백일몽을 꾸는 것이라오

사실 사랑도 비슷해요
꿈같은 사랑은 없어요
그냥 잠시 그대와
꿈이라는 글자를 쓰는 거예요.

생일 없는 개

우리 집 강아지는 견생 유치원에 다닌다
사실 8살이 지난 듯하니
인비율로 육십 중반의 노견이지만
행복노견정 학생이라 부르기는 좀 머시기 하지

생일잔치 사진이 자주 온다
고깔모자를 쓰고 색실과 휘장을 두른
강아지 몇이 무슨 일인가 선생에게 나름 집중하는
벽에는 생일잔치라고 금색 장식 글자와 꼬임
색종이로 화려하고

우리 아가 망고는 생일 미상이니
매달 생일 그룹의 고정 멤버다

내 귀빠진 날은 음력 2월 29일이란다
주민증에는 2월 19일이 될 수밖에 없다

2월 29일은 몇 년 만에 돌아오지?
내 마음으로는 항상 무생일 인간이다.

주권을 위한 레퀴엠

A+@=S

A:당일투표수

@:조작값이 포함된

사전투표수

S:Voting 산채발표득표수

S−@=A'

A≒A'

$Pv < 0.037$

A≒ B≒C≒A−D

대수의 법칙

A≠A'

FRAUD

다 사기여

∞로 사기여

차카게 살자
주권의 문제야

꽃은 아름다운 것
꽃으로 너희들은 뭘 닦니?

갈대의 순정

겨울의 초입에 서서 이번 주말은
강화도로 나들이나 가 볼까

이 거친 바람에도
새색시 같은 코스모스가
혹 남아 있으려나?

석모도 갈대밭도 안 가 본 지 수십 년이 되었으니
혹 골프장의 장식품으로나 남아 있으려나

세월은 계속 보아 주지 않으면
문득 생소한 모습으로 내 앞에 서게 된다

돌연 나만 영원하다는 착각을 일으키며
내년의 가을을 어떻게 잡을까
벌써 고민이로고

옥상에 조그만 하우스를 짓고
코스모스를 심고 갈대도 심어 봐야지
갈대야
너는 설마 배반 않겠지
누구와 닮은 교활한 눈웃음을 지을 수는 없겠지

흔들려도 질긴
심지를 믿는다
갈대의 순정은 있겠지.

밝은 시

오늘 하루는
이만하면 좋네 하고
시를 끝내는 친구가
부럽다

죽은 줄 알았던 나방 한 마리를
손으로 건드리니 포르르 날아가네
행복하다

필시 그는 나르시시스트의 화신이지만
부럽다

내가 행복하면
세상이 무슨 소용이냐고?
슬픔이 없는 영혼이 있을까?

운명을 비엔나 숲속의 이야기로

밝은 시를 쓰고 싶다
그러나 거짓으로
꾸며서 쓰고 싶지는 않으니……
어쩌나.

풀어진 매듭

추억만이
풀어진 매듭 끝처럼 애잔하고

그 보풀은
실 한 올 한 올이 되어
고독처럼 피어오르고

언젠가는 먼지가 될 운명

그 사이를 길 잃은
빛 한줄기가 어른거린다

끊어지고 해진 추억은
신비하게
가슴을 쓸어 위로해 준다

삶은

이미 끈 떨어진 매듭처럼

다시는 꼬일 수 없어라.

파라노이드

정상적이란
무엇일까?

미친 자가 생각하기는
나를
미친놈으로 생각할 것이다

그럼 나는 정상인가
자신이 없다
말을 하지 않고 점잖게
시나 쓰는 자가
정상일까

시는 몸부림치는
벌레를 말하지 못한다
세상을 말하지는 못한다

날개를 달았다고
다 천사는 아니다
시는 천사가 아니라
박쥐가 되어야 한다
날카로운 발톱을
숨기고 비상해야 한다

무엇이 정상인지
파라노이드인지?
아는 사람 손들어 봐.

* paranoid : 편집증, 망상, 강박증

실망

먼저 실망하는 자는
매를 맞는다
그 혼자서 얼마나 고생하는데
제 자식도 아닌데
회초리를 든다

왜 혼자 고생하지?
밤새워 그를 위해 기도하고 울고 외치는
우리들이 아직도 살아 있는데

점잖게 못 늙는다고
욕하지 마라
너나 점잖게 무릉도원으로
지금 날래 날래 가버려

이 이상한 나라의
늙은 엘리스는

환란을 증거하리라
하리라.

날 잊지 마오

―와스레나이(忘れない)

꽃을 본다
딱딱한 흙의 살을 뚫고
가녀린 풀
왜 꽃을 피울까
꽃을 보면 왜 역사가 생각날까?

승자의 미덕은
날이 가면서 덧붙는 미담
솔방울로 수류탄을 만드는 기적을 낳으며
무수한 동상이 되어 거만히 내려다본다

이름 없는 등성이에서 흘린 땀과 가여운 선혈은
땅속 깊이 흘러 들어가 붉은 꽃잎이 되었다

무엇을 말하고자 하는가

와스레나이(忘れない)

나를 꺾어

화병에 담고

칠흑 같은 어둠 속

이내 사연 좀 들어 보소.

統難民安

어느 분이
ㅇㅇㅇ 노릇하기 더럽게 힘드네
이제 보니 그분은 꽤나 솔직한 분이군

과묵한 것인지
음흉한 것인지
입꾹신공은
도리도리신공 한수 위

태어나서 육이오 피난 갈 때 외에는
요 7,8년간 국민 노릇하기 힘든 적이 없었도다

블랙 아스팔트에 뒹굴고
광화문에서, 난생 처음 비 오는 길바닥에서
연분 없는 예수님께 주여 하며 꿇고 앉아
기도를 하지 않나

여기저기 낸 돈도
좋은 앰프나 하나 살 것인데
젊은 놈들에게 틀딱이라는 조롱을 자랑 삼았고
잠 못 이루는 밤은 또 무엇인고

민주주의는
○ ○ ○이 힘들어야
국민이 편안하다고 믿어왔지만

웬 세상이
별꼴인지
평균수명을 바라보는 이 나이에

에라이

사랑 사랑

가득 어질러진 석판부터
닦고 시작하세요

손을 잡는 일은
잠깐만 미루고
빈 석판을 들고
그대의
눈을 들여다보세요

사랑은 눈으로
말함으로 시작된다오

붉게 물든 낙조
물이 빠진 허전한 갯벌
외로이 핀 들꽃은
사랑하기 좋은 배경이외다

뭉개지기 쉬운
호리병을 빚듯
그렇게
사랑을 시작하세요.

제2부

골방 감옥

—Life sentence without Parole

그 감옥에는
JBL4365 스피커가 방주인인 양
거만하게 서 있다

애초에 여행을 포기한 삶 대신
로마 베네치아, 포에니 전쟁터, 안나 카레니나의 비극을
조그마한 전자책에 넣고
독방 감옥으로 기어들어왔다

영원할 것 같았던 종신형(Life sentence)은 끝나가고
스피커에는 앙드레 가뇽의 '둘이 영원'이라는 CD가
돌아간다

참 모든 게 모순이다

영원 따위는 없는 라이프 센텐스가
손꼽아 날을 세고 있다.

계모양

게으르거나
모자라거나
양심이 없거나

아니면 셋 다?

원죄 소고

웬만한 죄는
고백성사 한 번이면 속죄를 받는다오
주기도문 20번

간통죄는
죄와 벌의 인과성이 끊어진
세간의 이벤트 퍼즐 맞추기

이브가 죄인인가
뱀이 제물인가
아니면 아담이 죄인인가

혐의자를 특정할 수 없기 때문에
이 나라의 대법관들은 그냥
문전박대 기소유예

우리는 모두
원죄의 산물이로고
신께서는 경배자의 어버이들을
원죄자로 몰다니

애초 남녀는 왜 만드옵셨는지요

에이 맨 아멘.

카사블랑카

가을을 찾으러 떠나야 한다
어디로 갈까
그래 카사블랑카
그 이름이 예쁘다

바바리코트가 땅에 끌리듯
두 연인이 낡은 성벽 길을 걷는다
지중해 짙은 푸른 바다와 그 끝닿은 수평선
마른 생선에서 풍기는 향수 같은 내음들

골방에서 꿈꾸는 가을은
내 마음속에서 피는
레미느센스*의 찌꺼기

그리운 가을을 찾아
동막에서 조개구이에 소주 한 잔으로

이름만 카사블랑카

조개구이에서
피어오르는 추억의 가을.

* 레미느센스(reminiscence) : 추억, 회상, 즐거운 회상.

님이여

불러도 불러도
대답 없는 그대여
내가 부르다가
숨넘어갈 그대여

님은 도대체 누구신지
시간의 신인지
뒤통수의 신인지
아니면
모두에게 엿 먹여 주는
가위 든 엿장수인지

아 그대는 갔도다
국민은 어떻게 하라고
먼 산 보고 짖는
똥개가 되고 말았소

그대는 곰의 아바타입니까?
더럽게 서방 복 없는
여인네같이
우리는.

종군기 1

—수캐

73년도 봄쯤인가
밥풀때기 두 개 달고
무릎까지 내려오는 권총 차고
아차
지급 화기 이름도 가물가물해져
세월이 이토록 지나 버렸네

그 산하는 지금보다 짙푸르렀을 것인데
남아 있는 것은 무색의 산과 산
먼지 나는 흰 자갈길
아스팔트가 나오면 자대가 얼마 남지 않았다는 신호

위병소에서 경례를 받으려면
걸음도 표정도 중위에 합당하게
군인이 되는 것은
남자의 영혼을 얻는 것이오니

그리운 산하에 색을 칠해 보자
감정이입을 위해 배경음악을 깔아 볼까
전우가 뭐 그런 것
사나이로 태어나서……

망각은 기일도 잊어버린 죽음이니라
그리움으로 흐려진 수채화 한 점이
어디선가 번져 나올 것 같아
이리저리 들쳐본다

그때 나는 알을 깨고 나온 햇병아리면서
햄릿을 사칭하고 베르테르의 슬픔이 있는 듯하였으나
사실은
발정 난 수컷에 지나지 않았지.

종군기 2
—미시간의 해변들

철책 선에 있을 때
대대장님 외출 완료 전통을 받고
히죽거리며 카빈소총 꺼내
애먼 동물들을 괴롭혔다
까마귀는 그렇다 치고
노루였나 사슴이었나
그것들에게까지 총질을 했으니

까마귀는 조롱하듯이 사뿐히 날아
바로 옆 바위에 옮겨간다
까치에게 쫓겨 왔지만
미확인 지뢰밭(지뢰는 절대 없다)에서 유배 온
우리의 충실한 친구
사슴인지 노루인지 아직도 헷갈리는 존재는
총알을 조롱하면서도 귀여운 친구였다
경중경중 지뢰지대를 넘나드는 우아한 몸매
악의를 가볍게 넘기고 비웃는 듯한 그 미소

내가 한 짓거리에 지금도 가슴이 아프다

50년 지났으니 뿔이 났을지도 모르지만
그래 이제는 알겠어
미시간의 가볼 만한 해변 15선
미국 사는 친구가 알려주기 전에 우리는 고마워했다
내륙에 무슨 해변이냐고

혹
백골부대에도 멋진 해변이 생겼을지도 모르지만
이제 가볼 수 없는
그리운 그림일 뿐이다.

종군기 3
―나르샤 자전거

기우는 해가 비춰 주는 빛의 다발들
구비 도는 개천에서 증발하는 연무를
부수며 산란하는 벌레의 속삭임,
새들의 지저귐은 분명 있었겠지만
이제 시간에 지워져
성의 없게 그려진 동양화보다 더 성긴
여백으로 남았다오

방년 20세 처녀의 옆구리를 잡고
뒷자리에 앉은 육군 중위 군의관
그 30분의 손끝의 감각은
반세기가 지나도 없어지지 않고
민방위도 끝나고 군번도 잊은 예비역 대위는
아직도 자전거를 못 탄다오
"군의관님 떨어지니 꼭 잡으세요"
지금도 그 소리가 지워지지 않고 들린다오

나르샤 자전거는 지금도
영원을 날아서 가고 있다오.

종군기 4
—진달래술

한 병사가 총과 수류탄을 들고 난동을 부렸다
김 병장님은 나가 있으시오
그는 며칠 있으면 제대가 예정되어 있었다

시체는 군수과에서 처리해야 하는데
대대장님 전화가 왔다
군의관이 관에 넣을 수 있게 부탁합니다
진달래술 한 병을 하사하시면서

얼굴과 배가 심하게 상해 난감했지만
술 한 잔의 힘으로
압박붕대로 얼굴을 돌리고
배는 군복 상의를 덧대 돌려가며 꿰맸다
입관 준비 상태 완료

의무병들과 나는 진달래술을 다 먹고
능선에 쓰러져 인사불성이 되었다

큰 비극도 희극으로 변하면서
삶의 허무함과 봄날과 술에 취해
산야에 누웠다.

종군기 5
—로맨스

비밀과 추억의
방정식은 풀기 힘들다

그 길은
작은 산의 팔 부 능선쯤에
매달려 있었던 것 같다
서울 가는 버스는
한두 시간 간격으로 있었던 것 아니었나 싶다
그 시간 사이에 일어나는 조우는
시간의 끈에 매달려 사는 인간의 운명을
흔들었다

살이 닿을 듯한 두 자리에 앉아
두 시간의 여행
침묵 농담
서로의 이야기

세월을 따라 코스모스가
봄에는 덤성히, 가을에는 일렁이며
너희들 그러다가 사달난다
하고 놀려 대곤 했었지

소설에나 끝이 있지
죽는 날까지 끝 같은 것은 없지요.

종군기 6
—충근이

그래도
네 생각이 났다는 게 다행이다
망각의 늪에서 가까스로 너를
건져내었다

의무실에 들어가니 낯익은 얼굴이 있었다
고교 동기가 발에 드레싱을 받고 있었다
일어서 경례를 하려는 걸 손사래치고는
입이 떨어지지 않았다
동네친구는 아니지만 친한 친구가
졸병이 되고 나는 신임 군의관 중위였다

조금 떨어진 산속 물가에서 단둘이 만났다
어어 방성호 중위님이죠
말을 못 놓는다
야 일마 친구한테 존대말이고 때리 치아라!
우리는 파안대소하며 손을 잡았다

늙은 나이에 졸병 하느라 고생 많다
잠시 서로 말을 놓았지만
그런 기회는 거의 없었다.

세월이 흐른 후
그가 간첩의 흉탄에
유명을 달리했다는 소식

내가 그곳에 갈 때는
너는 장교 나는 졸병
그때 보자
백~~~골!

이상한 나라의 늙은 앨리스 1

어린아이들이 노는 동산에 어쩌다 들렀지
그곳은 평화롭지 않았어요
욕설과 눈에 모래 뿌리기

공짜 전철 타고 마치 형님처럼
타이르고 돌아서는데 누구 틀니가 딸깍거렸지요

그 뒤 그들은 틀딱이라 불리었어요
요즘은 다 임플란트 장착하는데
약간은 억울하오만

미친 앨리스의 나라는
우리가 오야 오야 해서 생긴
앙팡 테리블(enfant terrible)의 세상입니다

우리는 자연시조를 읊고 사는 대신에
실버 사관학교의 생도가 되기로 했죠

이상한 나라 이야기는

쉽게 끝날 것 같지 않소만.

* enfant terrible : 어른이 난처해 할 언행을 하는 깜찍한 아이 혹은 경솔한 언행
을 하는 사람

어떤 가을

가을이면
가슴에서 찬바람이 불곤 했지
서늘하고 심지가 빠져나가는 듯한

실존적 우울은
통장 잔고에서 꺼내 쓰는
영혼의 사치였던 것 같다

차이콥스키의 비창은 효험이 없고
마누라가 먹는 공황장애 약을 몰래 훔쳐 먹었지

이번 가을은
삐친 여인네처럼 벌써 가려고 하고
다 베어낸 황량한 뜰의 논두렁에 앉아
울고도 싶고

흰 연기 높이 올리며 기적을 자랑하는

열차는 결코 오지 않았어요

허허하고 충만한 징 소리를 사방으로 울리며
상모 돌리는 즐거운 농악대의 가을아
내년에는 꼭 올 거지

응.

길

둘러 가야 새로운 풍경을 보고
고독에 잠겨 있는 존재들의 실루엣을
만날 수 있으리

걸어가는 길이 뻔 할 뻔인 우리는
얼마나 초라한 족속인가

이제
얼마 남지 않는 시간에
내 집 뒷골목에 핀 풀떼기와 도둑고양이를 찾는
동방인*이 되어 보는 것은 어떨까

늙어가는 것은
지공이 되는 것뿐만 아니라
아픔의 비밀을 지키는
마지막 시험대에 서는 것이리라

이것을 하면 100세를 살 거라고
친구들의 펌 글이 올라온다

어찌 고독 속에서
세월의 고통과 짐을 견뎌내는
훌륭한 백세인이 될까

참고 사는 것에
무슨 즐거움이 있을까
죽어서 무덤에 들어가야지
산송장으로 백세를 살아 본들.

* 동방인 : 방인. 이방인의 반대말, 자기 나라 사람

마누라도 늙는구나

속옷 장에 속옷이 하나도 없구나

너무 꼼꼼하게 챙겨서 짜증을 낸 적도 있었거든
좀 루즈한 분위기 있는 여인네와 살고 싶었거든

색 바랜 사진이 있네
희미해서 그런가
웬 절세미인인가

어느새 할머니, 그녀의 모습
냄새나는 속옷 빨래해 주던 왕년의 미인이여
이런 게 연민이런가

이제 연인처럼 속삭이기는 틀렸습니다만
괜히 싸우지 말고 그대밖에 없다는 진실을
깨달아가 봅시다

내가 어느덧 사람 됐네

하—

포메
—더러운 이야기

인형 같은 포메를
키우고 싶어
자주 항문낭도
짜 주어야 해
코를 대고 킁킁

그 냄새가 바로
사랑의 내음이라는 걸 알아야
애견인 자격이 있는 거야

반죽처럼 밀리는 때밥
목욕 가기 전
부엌에서 몰래 벌린
초벌 밀기
신성한 의식.

제3부

가을마저 도망갔다

월미도 바닷가는
청춘의 소음으로 가득하여
그곳의 가을 바다는 서먹하다

옥상에서 보는 하늘은
푸른 진물이 쏟아질 듯
푸르딩딩
하늘도 할망이 다 되었나

지푸라기가 목에 걸리는 듯
가을은 소화불량 같아

가을이여
혼자 가지 마오
하늘색 옷을 입고
손 꼭 잡고

샹그릴라로
같이 가요.

형

여름의 그을음이 빠진 푸른 하늘
동경을 머금은 깃발 하나
외로이 휘날릴 것 같아

짙은 매듭을 무심히 풀어온 세월에
어느덧 우리들의 날이 저물었소

갈지자 양 갈래 길은
한없이 멀어질 것 같았소만
이제 보니
형제의 연이 그리 허무할 순 없소이다
한 순의 차이로
생과 사가 갈렸을 뿐이외다

재회라는 어리석은 말은
하지 않으리라

어릴 때 개울 건너듯
첨벙첨벙 쉬이 잘 가오.

귀신을 차다

오사카 여행에서
신사 투어를 일부러 생략하고 그늘에 쉬고 있는데
건너편 건물 사이에 비석들이 옹기종기 서 있네
이상한 사람들이다
아무리 내세관이 없다고는 하지만
납골까지 시내 한중간에 꿰차고 살고 있는지

집에 돌아와
독감과 여행 몸살로 거의 실신 중에 자고 있는데
분명 꿈인데
소복 입은 일본 귀신이 내 얼굴을 30센티미터 위에서
내려다보고 있다

악몽이다
얼른 깨어나는 수밖에 없다

벌떡 일어나니

까만 옷을 입은 닌자 마귀 세 마리가 나에게 달려든다
에라이 이것들이!
하면서 대장 귀신을 발로 내 질렀다

새로 산 안마기 의자가 까만 등판과 손잡이를 가졌다
아침에 일어나 보니 옆으로 밀려나 있었다

이제 그딴 귀신 따위에 겁먹을 내가 아니다
그래 봐야 죽기 아닌가?

장군의 죽음

내 죽음을 적에게
알리지 마라

엘리 엘리 라마 사박다니*

시저여
루비콘을 건너라

꿈 많은 시절부터 이 서사들에 엎드려
영웅이 되기를 꿈꾸며 살아왔도다

세월은 흘러가고
결국은 좌절하지 않았는가
영웅의 서사를
의심하는 자는 배덕자가 되었으니

인간은 망상의 존재로고

역사는 서사를 먹고 사는 인간의 위선
소설은 지금도 써지고 있다

빈 강은 아름답지만 스산하다
멋진 돛단배를 띄우고 화룡점정이라고
서사를 우상처럼 숭배하는 우리

그러나
시간의 강은 흘러갈 뿐
결코 아파하거나 슬퍼하거나
기뻐하거나 과시하지 않는다

우리의 초라한 인생을
부끄러워 말자꾸나.

* 나의 하느님, 나의 하느님, 어찌하여 나를 버리십니까? 다윗의 말(마가복음)이
자, 예수가 십자가에 못 박혀 돌아가실 때 한 말(시편)이다.

무신론자

분명
탄생보다 죽음이 많은 것을
우리는 잘 알고 있어요

손자 손녀 몇 명 없지만
방안을 가득 채워 고스톱 치고
속초 해수욕장에서 조개 잡던 이들은 어디 가고
이제 나만 남았나

염라대왕도 못 이기는
치매 잡신의 노예가 되어
그날을 기다리는 안타까움

역사는 사라지는 걸까요?
정처 없이 흐르는 것이겠죠
뭘 그리 안절부절못하며 살아왔는지

'산다'는 분명 자동사이고
'삶'은 그 명사형이니
목적어는 당연히 없는데

신이 정말 마지막 내 친구가 될지
그래서
난 무신론자가 싫어요.

그다음은

봄날의 히덕거림이
행복인지 알고 살았지요

그다음은

열정의 붉은 얼굴과
창백한 두려움
때론 죽음의 가면이
빼꼼히 히죽이다 가고

그다음은

엘피판을 새로 올리고
먼지를 닦고
카트리지 끝 먼지를 털어내요
노예 같은 지지겨운 반복

가슴속을 밝히던
촛불이
다 녹아 쓰러지고

그다음은.

弔 형님

양로원 가는 중
죽으러 가는 길이요
응 그렇지
그땐 실감이 나지 않는 연극 대사처럼
서로 읊조렸죠

제3의 그 무엇이 되어
차가운 스테인리스 냉동고에 누웠을 때
단 한마디를 허락받는다면
그것 또한 무언無言이겠죠

그렇게 추구하고 사랑한 것들
어둠 속에서는
따뜻한 발가락 하나 내밀어 닫히지 않아요

자기를 위해 울어 줄 유일한 것은 이미
죽었다는 사실이 등불처럼 훤히 밝아오는군요.

죽비

늦잠
꿀맛 같았다

요새는
몽둥이 맛이로고

세월이 죽비를 든다.

가슴의 눈

침침한 눈
안검하수증
백내장
눈의 역할은 끝나가네

듣지 않고
보지 않고
느끼지 않고
돌아앉아
벽을 보라고
부처는 허황된 망상

가슴에
구멍 하나 뚫어라
보지 않고도
팔을 벌리고
안아주고 또한 안기는

그 속에서 흐르는 눈물

외눈박이라도
가슴에 마음의 눈
생기려나.

양이 신이 되다

양은 sheep이지만
먹는 양고기는 lamb
새끼 양을 먹습니다.

조금 머리가 있는
더러운 새끼 양 한 마리가
잘도 피해 사람 이름까지
번듯하게 얻게 되었죠

온갖 어두운 시궁창과 뒷골목을 돌아다니다
그의 변신술에 그도 취했는지
원숭이 뇌에 마오타이주를 앞에 놓고
저팔계 손오공 무시기 법사를 만났죠

그는 드디어 반신이 되는 꿈을 꾸었어요
신이 죽은 시대에는 해커가 신이었죠

개트림 한 번 한 후 몸이 가벼워지고
공중을 날아다니며 지하세계에서 만난
곰 째보 해골 나견이 그 발밑에 깔려
즐거워하는 암수 새끼 나한들이
선망의 눈으로 보는 것 아닌가요

그래 양신교를 열자, 신이 별거냐
그 자리는 무주공산이었어요
그님이 있다면 이리 세상이 개판일 수는 없지요

신이 된 양이 천계에서 바라보니 저 밑에서
누가 손짓하네요

아직 마음은 정하지 않았지만
점심 메뉴는 푹 삶은 대한민국 내장탕을 시켜 놓고
낮잠 한잠 자기로.

바퀴벌레 1

한 마리 바퀴는
백 마리의 대표라고
일 년 전에 보았던 바퀴인가

동거하는 생물을 우습게 보았더니
아예 둘레길 유람 중이군

그 부스러지는 느낌
생명의 즙은 불쾌하다

작은 택배 박스가 마침 있어 연타
오늘도 살생을 했구려

아멘

그래도 사형집행은 찬성해
때론 생명도 치사한 것.

바퀴벌레 2

단식한 바퀴인가?
삐삐 마르고 작은 게 상당히 느리다

어제 죽은 아비를 닮았는가
그놈은 짠하다
수놈의 출가 비애를 아니까

연이를 살해는 피하자
침대 밑으로 바이바이

시국 덕에 살아난 바퀴

다음에는
용서 없도다.

백선엽 장군 흉상을 세우세요

육사의 홍범도 흉상 철거로
줄다리기가 진행되고 있다
한 방송에 역사학자가 나와서
권력은 역사 앞에 겸손해야 한다고
말한다
역사는 발전한다는 말도 있다
홍범도의 유해를 귀국시키고
육사 정문에다 흉상을 설치한 것도
역시 역사 발전 논리다

조선조 멸망 독립투쟁시기 일제시대도 역사지만
대한민국의 역사에서
1948년 건국부터 육이오를 거치는 시기가
더 절실하지 않은가?

진정 역사에 겸손하지 않은 자가 누군가?

육사에 백선엽 장군, 맥아더 장군

그 외 내가 모르는 육이오 영웅들도 모셔야 한다

이제

우리는 역사 발전의 시대를 살아내야 한다.

트레몰로

거대한 추진력의 로켓으로
정지위성 궤도까지 가는 것은
이제 우리의 꿈이 아니게 된 지 오래

달을 넘어 화성을, 태양계를 지나
이름 모를 따뜻한 땅과 시원한 숲
맑은 바다와 수평선에는
사랑의 트레몰로만 갈 수 있다오

무명의 별은
신이 만든 천국이 아니오
두 가슴의
양자적 공유의 세계

연인이여
깍지 쥔 손을 놓지 마오

두 심장의 트레몰로만이

영원으로 날아 날아…….

배우기

이별하면서 웃기
사랑하면서 괴로워하기

성공하면서 침묵하기
실패하면서 즐겁게 노래하기

얼굴이 침 밭 되면서도
벙글벙글 웃기

키가 작고 못난 내 모습
그녀에게 대시하다
세찬 손자국과 그대가 뱉은 침
맛 배우기

진짜 인간되기
배움은 끝이 없다
그대의 입술 맛을 알기는?

제4부

어둠의 틈에서

그 속에서
빛이 나올 리는 없으리
속이 타 버린 재 내음이
슬픔처럼
역사처럼

그 속에서
누가 울고 있을까
어둠은 빛이 타버린 잔해
사랑과 행복은
항상 잘 타버리고

그 틈으로
흘러나온

눈물 색깔의 실개천은
언제 환희의 바다를 만날까?

규희 기타

그녀 홀로 내 방에 들어온다
조그만 손을 꼼지락거리며
모스부호처럼 생긴 악보를 꺼내
살짝 부끄럽게 천천히
풀어낸다

셀로판지도 뜯지 않은
그 CD에 숨어서 숨이 찬다는 듯
플라멩코 리듬으로

미간의 주름은 펴고
입가에 묻은 미소 살며시 누르면서

나이도 어린 그가
생은
기타처럼 울고 또
우는 것이라고.

방법의 서 2

—단식

단식원에서 곡기 끊기는
서럽지는 않아요
그러나
미의 여신은 그리
호락호락하지는 않아요

아프리카 영양 부족
어린이 광고가 나올 때마다
채널을 돌리죠 불쌍하지만
실은 옛 생각이 나서지요
이제 그만 울어야지요

로마인은 죽음이 다가올 때
곡기와 물을 끊는 진짜 단식을 해서
이 세상을 떠나곤 했답니다
그들은 죽음도 삶만큼
실용적이고 미학적이네요

이런 저런 허접한 이유로
단식
방법의 서를 모독하는 것

이 노옴 어디!
먹자고 사는데
단식은 뚝!

망고
―강화 애견 펜션에서

가만히 불러본다
따뜻한 이름이여

오해 마세요
과일 이름은 아니라오

인연이 무엇인가
생각게 하는 존재

온기가 무엇인지
천국이 어디인지
바로 여기라오 멍멍

밉지 않는
나르시시스트의 제왕

매일이 생일이며

매시간이 서사로고

모든 영역의 제왕
1위 할멍
2위 망고
3위 할벙
바로 소생이라오

우리의 귀여운 독재자
최후로 남은 손
사랑한다오.

Book of Ways

키스 자렛(Keith Jarrett)의 CD 이름인데
무언가 애매모호하니
시적인 은유가 필요한 것 아닌가?

대강 이런 뜻인가
클라브생(clavecin)은
많은 것이 모자란 지진아 같은 악기이다
서고 가고 구르고 뛰고 무엇 하나 되지 않는다

그러나
기타 싯다르 플라멩코 기타
가야금 일본의 고토 못난 피아노까지
무엇으로도 변하면서 아름답다

바흐의 정신이 내려와 시대를 꿰차고
바로크부터 재즈까지 가지고 논다

과연

Book of Ways

라 할 만하다.

말

말 많으면 빨갱이

말 없으면 군자라고

천만에

조기 치매가
오는 것

침묵은 금?

아니 시체가 되기 전
마지막 변명.

나

'나'라는 단어가 쑥스러워
어리석고 어리석도다

의사로 살아왔지만 인간을 모르고
남자로 살았지만 사랑도 모르고
남편으로 살아왔으나 아내의 마음도 모르잖아

잘난 척 못난 척
왼쪽 오른쪽 그리고 중간으로
아직 길도 못 찾는 존재

내 일기장 열기를 주저하고
거울 한 번 보지 않는 주제에

꽃을 보고
달을 보고
가치를 찾으려 하다니.

시간의 박수

라 스칼라좌에 서서 울리는
스탠딩 오베이션
죽은 자들이 보내는 희열이
시공간을 뚫고 전해진다

CD 한 장에서
곡마다 터지는 환호
1975년 실황 연주는
일생에 한 번도 박수 받을 일이 없는 내게
아낌없이 들려주고 있다

내 시시한 시로는
고마움을 표시하기는
역부족이로니

그냥 고맙다

예전에 저승에 가 버린 세계인과 같이

유령처럼 뛰논다

훠이 훠이.

그림의 떡

—피아노

평생
거짓말 조금 보태서 50년 동안
클래식을 들어온 것 같다

바흐의 골드 베르크
베토벤의 피아노곡들
쇼팽의 별같이 반짝이는
피아노의 영혼들

피아노
너는 내 혼의 울림이 되고 말았지

언젠가부터 듣기 시작한
키스 자렛의 재즈 피아노곡들이
노년의 잘 들리지 않는 귀에도
밀물처럼 넘나든다

청초한 소녀를 동경했던 내가
이제 농염하고 눈웃음 잘 치는
여인을 좋아하게 되었네

그림의 떡도
변하는 모양
헛기침은 왜 나는지.

서정이여

서정시 쓰기
점점 어려워진다

노인은
모든 걸 뺏긴
껍데기가 아닌가

호르몬은 마르고
조금 남은 욕망의 찌꺼기마저
씻어내야 점잖은 노인이 되는 거지

서정을 찾아
과거로 떠나려
운동화 끈을 매어 본다

그런데 허리가
다리가 아프다

서정시를 정말 쓰고 싶다.

헌 박스 줍기

월광보다
달빛을 더 잘 노래한 시는 없다

내 방에 걸려 있는
처가 그린 장미 그림보다
내 시는 못하다

왜 시를 잡고 낑낑 대는가

노년의 빈 깡통에
무어라도 채워 넣어야 혀

인생의 널브러진 파편들을
오늘도 아픈 허리 숙여 줍고 있다

헌 박스 줍는 사람같이.

하루살이
—Ephemera

어쩌다 입속으로 들어가 버린 반생
너의 이름은 단명 영원한 불멸불가

어디서 끈적한 점액에 씻겨 날아왔는지
왜 왔는지 모르지만

지루함은 사랑하기 때문에 생기고
또한 새로운 사랑을 하기 위한
근원적 변명을 만들고

작가는 붓을 들자말자
항상 끝을 고심하노라

시간이여 지루함이여

차라리 하루살이같이 비상하며
사랑하다 그리고 영원으로.

눈썹 끝이

내려왔다
피부가 처지니 당연하지만
기개가 없어진 것이 분명하다

주름이 생기지 않는 대신
눈썹이 내린다
기브 앤 테이크인가

선해지려는 표시는
분명 아닌데
노추란 말인가

그래도
그럭저럭 살면 되지
어차피 새장가 갈 것도 아닌데 뭐.

부평초

그녀가 손을 당기며
호수 옆으로 가자고 한다
별생각 없이 그냥 두 마리 오리처럼

온갖 상상은
없었지만
그러면 안 될 것 같아
거절을

그녀가 옆구리를 살짝 감싼다
슬쩍 피하는 나에게
기둥 위에 담쟁이 꽃이 핀 듯
그리 생각하면 되지 하고
수줍게 웃는다

이리저리 사랑을 찾아
부평초처럼 밀려 떠다니다

삶의 저녁에

물가에 앉아
혼자 울고 있다.

아 켄싱턴

무에 그리 잊고 싶다고들
보도의 냉기가
비단이불같이 느껴지고

마약 살 돈 50불이
남아 있다는 행복감
시간이 멈추고
자신이 멈추고
영혼이 멈추고

인생은
지루함과 노역에
행복이 땡땡이처럼
묻어 있는 것

불행을 보듬고
눈을 뜨세요

당신은 고통을 어느 정도
사랑해야 하기에.

제5부

나드

약간 더듬는 소리로
기어들어가는 목청으로
고백을 하고 있어요

무릎이 배기고 숨이 차서
할 말을 다 할 수가 없네요
그 전차를 이야기하는 것은 어쩐지
부적절하고 냉소를 부를 것 같네요

할 말도 못하고 죽은 단테는
구천을 떠도는 신곡의 연옥에서 영원히
만세의 조롱과 부러움을 받고 있는데요만

너무 뜸을 들인다고요?

그래요 이제 말하리라
찰나였지만 당신을 사랑한 적이 있었소.

유튜브 노래 여신에게 바치는
쑥스럽고 짧고 우스꽝스러운
나의 연가요.

그만 꾸고 싶은 꿈

치사하고
비루해져도
이루고 싶었던 사랑들

꿈속에서
불러 안아 주고 속삭인다
이제부터 우리는 연인이라고

엎드려서
절 받기는 씁쓸하다만
못 이룬 사랑에서는
한 방울의 감로수 같다

치매가 오기 시작한 그녀가
내 생각을 한 번 정도 했나
카를 융의 동시성의 현현인가

다시는 꾸고 싶지 않은
상처에 소금 뿌리기.

큰 뜻

아름다운 젖무덤 위에서라도
잠들지 마라

자명종마저 곯아떨어져 버렸으니
순교자의 행렬이 웅성거리는 소리
떠날 때가 아닌가

대열은 점점이 사라져 가노라
게으른 노새는 더 자고 싶다지만

발에 걸리며 붙잡는 소돔의 여인네에게
안녕도 생략하자 세상의 그니들은
성처녀요 어머니들이라

가슴속에 품은 뜻

저 멀리
모래언덕 넘어
여명의 햇살에 순교자의 지팡이가
군신의 칼처럼 번쩍이며
너를 부른다.

서광

럭스맨 앰프 울리는
제목을 알 수 없는
자렛의 피아노를 보내주는
고마운 분이 있어

같은 시공간이지만
확률적으로
몇 천억 분의 일의 인연을 잇는
양자와 파동의 공유

이제 그 헤매던 오디오 방황을 접고
정리에 들어간 요즘
다시 가슴에 불씨가 오른다

친구하자기엔 너무너무 늙었고
만나 소주 한 잔 하기도 쑥스럽지만

혼자 낑낑대며 걸어온 소리의 길
끝이 저만치 보이는데
동쪽에서 비치는 서광에
얼굴은 왜 이리 붉어지는지.

바흐의 정선율

예전에
조금 늙었을 때
이 길고긴 LP 4장을
다 돌린 적이 없다네

그때는 판값이 싸서 다행이었지
지루한 늙은이 바하
뭐 자식 교육을 위해 썼다나
듣고 있으면 짜증이 쩔었지

그런데 이게 무슨 세월인지
어떻게 된 건지

네 마리 사자와
네 송이의 장미가 되어
지금도 내 곁에 있구려.

토요일 오후

바흐 정선율 LP를 틀어 놓고
기상특보를 듣는다

약간씩 틀어진 음 자리를 그날 바로잡고
기쁨으로 적어 내려간 잘 벼려진 칼끝 같은

그의 후손도 모두
아름다운 음악가 되었지

기울어진 운동장
과학이 겁박하는 칼로 변하고
개혁을 외치는 개딸들
이 땅에 정선율은 없는지

예수 믿으면
천국 간다는
전도 아줌마의
팸플릿이 궁금하다.

꽃의 성선설 3

꽃은 소리를 지르지 않는다
그 사라짐을 우리는 볼 수 없다

꺾어짐이
너의 명인 것은 아닐진대
어찌 눈물조차 없는 거야

튤립 꽃밭에서 쓴 시가
맞춤법 정리도 되지 않았는데
어디 그리 바삐 가 버린 거야

아직도 난
네가 더 필요해 제발.

꽃다방

꽃그림이 있는
껌 하나를 주머니에 넣고
명동의 꽃다방에 죽치고 앉아서

키가 크고 아름다운 레지를
눈으로 잡아먹을 듯
백일몽
헤매다 지친 초라한 젊음이여

꾀죄죄 서울대 교복을 입고 베레모 쓰고
그리 다방 커피에 중독되고 말았지

새삼 똥배 걱정에
블랙커피에서 인생 맛을 찾아야 하는
기구한 팔자

그것마저도 없다면
어찌 할까.

아다지오

대화가 머뭇머뭇
펼쳐진다

그들이
누구인지 모르지만
낮은 목소리
아름답고 수심에 찬
여인의 목소리도 있다

어루만지고
위로하고
서로 다른 영혼의
갈등과 투덜댐 위로
끝이 없다

알레그로가
문득 문을 연다

그리 늦어서
무슨 사랑을 하느냐고

아다지오의
치마 뒷자락이
끌리며 사라지고

언제 올지도 모르는.

모난 돌

모난 돌은 사실 즐겁지만 않다
가짜 뉴스 말도 안 되는 국뽕들이
눈에 보이는데 어찌하리

모른척하고 지나면
그들은 편하지만
나는 편치 않는 게 상정이다
이건 아니라고
전투를 하면 편할 것 같지만
뾰족한 끝이 만든 상처는
피아에 다 생긴다

침묵은 금이라는
속설은
너무나 진리라서 지루하다

계속 돋아나는 뾰족한 끝을
어찌하리오만
그게 사는 맛인 걸.

무말랭이

작은 독 속에서 어머니가
무슨 비밀을 꺼내는 듯
무 장아찌
그 시절 닝닝하고 아무런 매가리 없던
김치국밥과는 천생연분이었던

오도독오도독
무엇인가 먹고 있는 행복감
서로를 확인하는 생존의 소리

쥐새끼가 이를 단련하듯
희망을 갈곤 했었지

이제 작은 항아리 속에서
삐득삐득 말라가는 것은
무말랭이가 아니고 뭐
세월이라나.

그 좋은 낙원에서 잘사오

어와 둥둥 벗님네야.
시절이 하 이상혀서 이 말이 어색하게 들리네요.
우정은 무덤까지 가지고 간다는 디
어인 얄궂은 운명이랑께
會者定離
그런 말쌈 야속하오
어느 날 당신은 저기로 가고 나는 이 길로 가고 있네요
승리에 취하고 패배와 치욕에 몸부림치는 옛 벗이여
제발 부탁하오니 선잠 깬 새벽의 고요함 속에서
우리 서로의 옷깃 스침을 떠올려 주세요
잘가오
그대 고귀한 성골이 되어 화려한 비단 옷을 입고
평등에서 더 평등한 당신들의 파라다이스에서
잘 사세요
그러나 친구가 될 뻔했던 패배자들의 몸부림은
비웃지 마소
그들의 유랑을 측은하게 생각해 주오

시간이 모든 낙원과 악과 비틀린 우정과 고향 열정을
다 쓸어버리고 가는 그날까지
얼마 안 남았구려
어와 둥둥 벗님네야
그 좋은 낙원에서
잘 사오.

본인喪

부고가 온다

본인상이라는 다소 생소한
꼬리말이 붙기 시작하고

내 차례구나
쓸쓸하지만 그리 나쁘지는 않는 것 같다
마지막으로 주인공이 되어 보잖아

장례식장 음악은
브람스의 피아노 삼중주 일번으로
예전에 정해 놓았는데

부질없는 폼잡기로고
남은 자들을 위로할 음악
노세 노세
젊어서 노세

저승에서 靈들의 회식은
이승보다 한층 즐겁다
누구 항암하고 있고
누구 치매로
누구 식물인간으로
쯧쯧쯧
대강하고 이리 오면 될걸

그래도
본인상은 쓸쓸하다.

선한 자들을 위한 레퀴엠

모든 육체는 풀과 같고
그 모든 영광은 꽃과 같으니
풀은 마르고 꽃은 떨어지되……
독일 레퀴엠

골프장 들어가는 길
철쭉이랑 무슨 무슨 꽃들이 가득 피어 있네
연전 홍수에 떠내려간 산등성이에
이름 모를 묘지들이 퍼질러져 누워 있네
나 한때 선한 자 였어요 하고
그럴 듯한 비석 하나 못 꿰차고
산등성이에 대강 묻혀 버린 그대
선한 자들이여
산자를 위해 진혼곡을 불러 주구려
살아 있는 자들은
다 악한 자들이로세
땅속에서 들려오는 선하디 선한 노래

역사는
악한 자들의 업

억눌린 비명과 눈물의 무덤.

아내의 정원

성화에 못 이겨
옥상 정원에 몰래 오른다
혼자서

빨간 노랑 장미 철쭉
이름 모르는 나팔꽃 닮은 꽃
아내의 마음속
지나간 청춘이 보인다

꽃을 보고도
감흥이 없어진 지 오래인 나
옥상의 정원은 애잔하다

주인은 있지만
관객이 심드렁한

열정은 생명이다

꽃은
사랑처럼 아름다운 시한부

아내가 이 시를 못 보게 해야겠다
이제 아이 엠 소리라고

아내의 정원은 애처롭기만 하다.

튤립이 있었던 자리

잔인한 시간이여
말라빠진 잎,
뿌리가 있을 그곳에
마지막 초록과 죽음의 색깔 뒤섞인
이 자리가 그 자리인가

일주일 뒤에라도 와 보았어야 했는데
사랑은 배려라고
눈 맞춤이라고
입으로만 그래요 난
시詩 도둑놈이었을 뿐이오

일 년을 기다리면 다시 온다는
기약 있는 기다림, 드물게 가지는
희망은 고맙고 고마워요

그날 발병이라도 나면
한줄기 바람이 되어서라도
당신의 꽃잎을 흔들게요

아니라면
당신의 잎에 안기는
새벽마다 이슬은 어떤지요.

노년의 꿈

음악이 있는 시간에 올라타
멍 때리고 있노라면
언젠가는 그 끝이
스멀스멀 기어들어오는
끝도 없는 머리도 없는
촌충 조각들

노인의 세월은
속옷이 잘 더러워지는
자괴의 시간들인 걸

마음의 생채기를
만지고 반추하고
또 기억하고 잊으려는
말년의 헛짓거리

철들지 않는 꿈들이여
오늘도 나의 화려한 밤을
부탁한다.

튤립

손이 없다
나팔소리가 없다

바람결에 흔들리며
춤을 추고 있는가
몰래 흐느끼고 있는가

바람은 보이지 않는다
소리도 들리지 않는다
그래도 듣기 위해
너는 침묵하고 있을 뿐

아우성을 치기 위해
숨을 참다가 그냥
한숨이 되고
꽃이 된 너

튤립,

뜰에서 만나 눈에 담아 온 꿈속의 옛사랑.

Tulips

Has no hands
No sound

Were they dancing
and swaying tandem
with winds

She can't feel winds
and sounds
Keeping to be silent for
hearing mind trembles

For outcrying
toward the sky
she's been helding her breathing
It became a sighing finally yet a flower

Tulip

You are my ancient love met in a strange garden.

노인의 꽃

온 힘을 다해
생명을 말해야 해

이슬이
꽃봉오리 위에 앉았네

꽃을 꿈꾸는 생명의 자리
첫 자락 햇빛은 반짝하고
웃는다

노인의 가슴에 겨우겨우 피운
꽃 한 송이의 이야기

꽃밭은 그들의 것

화분 몇 개라도
들여 놓아야겠다.